Una cosa terrible ha sucedido

Una cosa terrible ha sucedido
Margaret M. Holmes y Cary Pillo
32 pp., 21 x 21 cm.
ISBN 978-84-16470-15-0
Madrid, España

Fineo Editorial, S.L.
www.editorialfineo.com

Título original en inglés: *A Terrible Thing Happened: A Story for Children Who Have Witnessed Violence of Trauma*

Primera edición, 2018
Segunda reimpresión, 2021
Publicado en inglés por *Magination Press. An Educational Publishing Foundation Book*

For more information about our books, including a complete catalog, please write to us, call 1-800-374-2721, or visit our website at www.apa.org/pubs/magination.

Una cosa terrible ha sucedido

Margaret M. Holmes

Ilustraciones de Cary Pillo

Para todos los niños
que luchan contra las repercusiones de la tragedia,
y a sus cuidadores
MMH

Para Ruth Gould,
por su dedicación para ayudar a los niños
CP

Samuel Pérez vio la cosa más terrible del mundo... y se sintió muy incómodo. De veras, a Samuel le asustó mucho ver esa cosa tan horrible.

A Samuel no le gustaba eso de sentirse tan alterado.

Él prefería no acordarse de lo ocurrido, así que decidió no pensar más en aquello horroroso que había visto.

Samuel consideró que olvidándolo se sentiría mejor.

Al principio, el plan parecía funcionar. Samuel se despertaba cada mañana, se cepillaba los dientes y se iba al colegio.

Samuel jugaba con sus amigos, bromeaba con su hermana y paseaba a su perro.

Por un tiempo parecía que todo iba perfecto. Pero algo dentro de Samuel seguía incomodándolo.

Samuel se dio cuenta de que tenía que jugar más, correr más rápido y cantar más fuerte para olvidar aquella cosa terrible.

Empezó a sentirse distinto.
Con frecuencia no tenía hambre.

Algunas veces le dolía el estómago o le dolía la cabeza.

Otras veces se sentía triste, pero no sabía el porqué.

De vez en cuando, sin ningún motivo, se
ponía muy ansioso.

A veces no podía dormir.

Y a veces, cuando lograba dormirse, tenía pesadillas muy feas.
Esas pesadillas asustaban más a Samuel.

Samuel estaba peor: parecía enojado todo el tiempo.

Se volvió agresivo con sus compañeros,
se sentía tan molesto que se peleaba con todos.

Y como con frecuencia se metía en problemas, Samuel se empezó a sentir mal consigo mismo.

Samuel no
entendía la
causa de su
malestar.
Estaba muy
confundido.

Casi siempre los adultos ayudan a los niños a entender sus propios sentimientos.

Así fue como Samuel conoció a Matilde.

Matilde le ayudó a entender todas esas emociones.

Ella escuchó lo que Samuel le decía.

Mientras conversaban, jugaban. A partir de las charlas con Matilde, Samuel dejó de sentirse tan confuso.

Un día, Samuel y Matilde estaban dibujando
y ella le pidió que pintara la ira que tenía:
cómo se sentía cuando se sentía enojado.

A Samuel le pareció una
propuesta extraña.

Samuel dibujó
muchas hojas.

Dibujos del dolor
en su estómago.

Dibujos de las
pesadillas que
tenía.

Dibujos del
miedo que él
sentía.

Y finalmente, hizo dibujos de la cosa terrible que había visto.

Samuel y Matilde hablaron sobre los dibujos.
Él le preguntó a Matilde que si la cosa terrible que había visto era su culpa, porque eso le preocupaba mucho.

-"¡No, por supuesto que no!"-, dijo Matilde.
-"No fue tu culpa"-.

Samuel le contó
muchas cosas a
Matilde.

Le habló de sus
pesadillas y de lo
asustado que se
sentía.

Todo fue muy
difícil.

Matilde estaba muy
orgullosa de que
Samuel hubiera
podido hablar
sobre eso tan difícil.

Samuel se dio cuenta de lo maravilloso que había sido expresar sus sentimientos, porque hablar fue lo que ayudó a Samuel a sentirse más fuerte.

Cuando Samuel se empezó a sentir fuerte y mejor, ya no se sentía enojado.

Nada puede cambiar la cosa terrible que él vio,
pero ahora no se siente incómodo con eso dentro.

Samuel ya no está tan asustado ni tampoco está
preocupado. El estómago ya no le duele.

Y ya casi no tiene pesadillas.

Samuel Pérez se siente mucho mejor ahora.

En fin, él creyó que sería bueno que tú
conocieras su historia.

Le sugerimos revise nuestra guía, dirigida a padres y profesores, "Una cosa terrible ha sucedido" parte del programa educativo que se puede implementar en las escuelas. El programa tiene como propósito hablar sobre aquellos pensamientos, sentimientos y comportamientos negativos que se desencadenan después de haber vivido algo trágico.

Descarga la guía para padres y profesores
Una cosa terrible ha sucedido

Si está interesado en implementar el programa en su escuela escribanos a
educacion@editorialfineo.com